„Papi, weißt Du noch…?"

Roman
by *baeredel*

Dieses Baeredel-Buch gehört:

```
-----------------------------------
-----------------------------------
-----------------------------------
      ------------------
```

Bibliografische Information durch
Die Deutsche Bibliothek:
Die Deutsche Bibliothek verzeichnet diese Publikation in der
Deutschen Nationalbibliografie; detaillierte bibliografische
Daten sind im Internet über http://dnb.ddb.de abrufbar.

Herstellung und Verlag
BoD – Books on Demand, Norderstedt
10,-- Euro (D)

ISBN 9783752684278

Großdruck

„Papi, weißt Du noch…?"

Aufgeregt parkt Gabriela van Lunen eilig ihren kleinen roten Golf in der engen Parklücke vor dem städtischen Krankenhaus.

Sie sieht nicht den Hinweis: „Reserviert für Klinikpersonal".

Mama, Gerda van Lunen, hatte sie, als einzige Tochter und ältestes Kind, als Erste in ihrem Blumengeschäft angerufen, um ihr mitzuteilen, dass Papa durch akutes Herzversagen einen Unfall verursacht hatte, als er mit seinem Auto in der Stadt unterwegs war. Die Polizei hätte sie darüber informiert und ihr gesagt, dass er in die Klinik eingeliefert worden sei.

Gabriela liebt ihren Vater sehr. „Lieber Gott, nicht Papi…, bitte nicht Papi…, jetzt doch noch nicht…!" Totenblass hatte sie eilig einen Zettel geschrieben:

„Im Moment Geschlossen!"

Diesen klebte sie von innen in die Scheibe der Eingangstür, verriegelte die Tür und war geschwind in ihren kleinen Wagen gestiegen, um schnellstens zu ihrem Vater in die Klinik zu fahren.

Mama konnte noch nicht so schnell von zu Hause wegkommen. Zunächst mal musste sie die Pflegeschwester erreichen, die ihr manchmal bei der Pflege ihres Schwiegervaters half, der mit im Hause weilte, zur engsten Familie gehörte und stark pflegebedürftig war. Ihn konnte sie nicht allein lassen. Keinen Moment konnte sie ihn allein lassen.

Sie versuchte also, die Pflegeschwester zu erreichen. Aber wie es oft in solchen Momenten der Fall ist, niemand meldete sich am Apparat.

Sie legte das Telefon aus der Hand. Dann nahm sie es wieder hoch.
Sie musste dringend auch ihre beiden Söhne, Julian und Tobias, Gabrielas Brüder, anrufen, damit sie wenigstens Bescheid wüssten.

Julian war der Jüngste, erst 19 Jahre, und gerade zur Studienfahrt in England. Juli hatte meistens sein Handy ausgeschaltet. Abends klingelte er jedoch täglich punkt Neunzehn Uhr bei Mama an.

Und Mama?

Sie klingelte dann kurz danach immer
zurück.
Diese Anklingelei hin und her hieß für den
einen wie für den anderen: alles ok.
Und es kostete keinen Cent.

So war das Telefonieren für Juli eine recht
günstige Angelegenheit. Wenn Mama ihn
aber doch sprechen wollte, ließ sie einfach
länger klingeln, so dass Juli dann wusste:
<<oh, da ist noch was>> dann nahm er
das Gespräch an. –
Das hatten die Beiden so miteinander
verabredet.
Weil Mama sich immer Sorgen um ihren
Jüngsten machte, kam ihr diese Regelung
günstig entgegen und so konnte sie ihre
Unruhe etwas in Grenzen halten.

Tobias nannte dies „ eine kindische
Spielerei", und für solche „Kindereien"
hatte er nichts übrig.

Entweder telefonierte man, dann war es auch wichtig, oder aber man telefonierte nicht, und dann war auch nichts.
Für Erzählereien am Telefon, dafür war Tobias sowieso nicht zu haben. Diese nannte er höchst verächtlich: „Zeitklau".

Tobias besaß auch kein Handy. Er hielt es einfach nicht für notwendig. Allerdings stand in der Firma ein Telefon auf seinem Schreibtisch; und vor dieses Telefon war ein ganzes Vorzimmer mit Sekretärin sowie eine komplette Telefonzentrale mit vier Mitarbeiterinnen geschaltet.

In seinem Auto, das außerdem von einem eigenen Fahrer gelenkt wurde, der im Widerspruch hierzu, jedoch auch ein Handy besaß, bestand eine dauerhafte Funkverbindung zur Vorzimmersekretärin. Es konnten also keine Termine verloren gehen. – Und ein Handy, das brauchte er nun deshalb auch wirklich nicht.

> Wer etwas zu berichten hatte, der sollte
doch kommen… und meistens geschah es
dann auch so. <

Mama konnte Tobias nicht direkt erreichen
und hinterließ aus diesem Grunde eine
dringende Nachricht für ihn bei der
Sekretärin, Frau Born, mit der Bitte, diese
schnellstens an ihren Sohn, Tobias van
Lunen, weiter zu leiten.

Tobias van Lunen war stellvertretender
Geschäftsführer im Verlagshaus seines
Vaters K. Gregor van Lunen, Inhaber und
erster Geschäftsführer. Der hatte den
Druckereibetrieb seinerzeit von seinem
Vater Karl van Lunen, der diesen
wiederum von seinem Vater Karl, Senior,
übernommen und mit viel Geschick, Fleiß
und Einsatz zu einem renommierten
Verlagshaus entwickelt.

Karl van Lunen war mittlerweile 79 Jahre
alt und gebrechlich geworden. Doch seine

Familie stand derzeit in Freud, jedoch nun auch im Leid fest zu ihm.
Seine geliebte Frau Marie, Großmama von Tobias, Julian und Gabriela, hatte ihn damals schon im viel zu frühen Alter von 59 Jahren verlassen müssen.

Mit den beiden Kindern, K. Gregor, dem Ältesten, und Juliane, der 14 jährigen Tochter, hatte sie ihn allein gelassen.

Anfangs kämpfte sie noch mutig mit all ihrer Kraft gegen ihre gefährliche Krankheit an, immer mit den Gedanken bei ihrer geliebten Familie. bis sie schließlich doch als Schwächere dem stärkeren Krebsleiden unterliegen musste.

Später verlor er auch noch seine einzige Tochter Juliane durch einen schrecklichen Verkehrsunfall auf dem Weg zur Schule.

Sie verlor ihr junges Leben durch einen LKW-Fahrer, der ihr Fahrrad nicht beachtet hatte und sie zu Tode schleifte, als sie noch nicht mal sechzehnjährig, jedoch bereits fast zwei Jahre Halbwaise war.

… Das war nun schon 23 Jahre her, und doch immer wieder flammte daran die Erinnerung stets neu auf, so dass es Karl van Lunen oft schien, als sei alles erst gestern geschehen.

Karl von Lunen war nun in all diesem Leid alt geworden. Er hatte keine rechte Freude mehr am Leben. – und wäre Gabriela, seine Enkelin, die ihn stark an seine eigene Tochter erinnerte, nicht gewesen – so würde er wahrscheinlich nicht mehr leben.

Seine zeitweiligen Depressionsphasen hätten ihn längst schon zum Selbstmord getrieben.

* * *

Gerda van Lunen hatte ihre Schwägerin,
die so früh sterben musste, nie lebend
kennen gelernt. Das Mädchen war bereits
tödlich verunglückt, als sie kurz darauf
Karl van Lunen kennen gelernt hatte.

Aber durch die vielen Erzählungen ihres
Schwiegervaters, der mit im Haus wohnte,
und die Erzählungen ihres Mannes, hatten
ihr Juliane so nahe gebracht, dass in ihr ein
Gefühl gewachsen war, als hätte sie selbst
eine Schwester verloren.

Gerda van Lunen war ein liebenswertes,
weichherziges, großmütiges Wesen. Immer
bestrebt, ausgleichend und gerecht zu sein.
Mit ihrem Schwiegervater, verstand sie
sich gut.
Sie liebte ihn, wie einen eigenen Vater,
den sie selbst in ihrer Kindheit nie eigen
nennen durfte und den sie insgeheim
immer vermisst hatte.

Ihre Mutter war damals Zimmermädchen,
allein stehend, und musste ihr täglich Brot
für sich und ihr Kind hart erarbeiten;
und während sie arbeitete, passte eine
Nachbarin auf sie, damals noch die kleine
Gerda, auf.

Gerda machte ihrer Mutter keinerlei
Scherereien. Die Nachbarin passte so
gerne auf Gerda auf, und weil das Kind so
lieb war, forderte sie auch kein Geld dafür.
Darum zeigte sich Gerdas Mutter dankbar.
Sie half der Nachbarin beim Putzen und
beim Einkaufen konnte sie ihr auch einige
Wege abnehmen, indem sie ihr einiges
mitbrachte, was die Nachbarin auch gern
einkaufen wollte.

So konnte Gerda als kleines Kind
wenigstens gut behütet aufwachsen.

***

Gabriela van Lunen war durch die Gänge des Krankenhauses bis zur Notaufnahme geeilt.

Einem vorbeieilenden Krankenpfleger rief sie zu: „Van Lunen, Herr van Lunen bitte, wo kann ich meinen Vater finden?"

Der Krankpfleger hielt inne. „Moment bitte, wer sind Sie?"

„Ich bin Gabriela van Lunen, die Tochter. Wo bitte, finde ich meinen Vater?" entgegnete Gabriela.

„Gedulden Sie sich bitte einen Moment, ich bin gleich wieder zurück!" hörte Gabriela noch die Schritte des eilig davoneilenden Pflegers. Die Glastür öffnete sich und schloss sich wieder nach der verschwundenen Pflegeperson wie von Geisterhand.

Gabriela hätte weinen können.

Sie fühlte eiskalte Hände nach ihrem
Herzen greifen in diesem Moment.

Sie war so allein und so hilflos.

– Papa, was mochte nur mit ihm sein. –

Keiner mehr in dem langen Gang, den sie
hätte fragen können.

Nun, ob sie wollte oder nicht, sie musste
warten.

Ihr war es wie eine Ewigkeit
vorgekommen, bis der Pfleger endlich
wieder durch die Glastür zu erkennen war.

Pfleger, Toni Hundsmüd, steuerte sogleich
zu dem auf dem Schreibtisch stehenden
Computer.

Er fragte noch mal nach dem Namen, um sicher zu gehen, dass er auch nach der richtigen Person im Verzeichnis der Notaufnahme suchte.

Irgendwie mitfühlend klang es, als er zu
seinem blassen Gegenüber sagte:

„Also, Karl van Lunen?
Auf der Intensivstation, MCIII...
Bitte diesen Flur hier runter bis zum
Aufzug, und dann in die
III. Etage. – Wenn Sie aus dem Aufzug
kommen, nach rechts.
MC III. Klingeln Sie bitte dort und
melden sich durch die Sprechanlage an.
Sie werden dann von einer Schwester
eingelassen.“

Toni Hundsmüd erklärte der jungen Frau
den Weg zur Intensivstation so genau, weil
er dachte, dass sie eine längere Suche wohl
auch selbst nicht schaffen würde.

„Geht es?“ fragte er sie dann auch noch
hilfreich. Er sah ihr wohl an, dass sie
scheinbar am Rest ihrer Kräfte angelangt
war.

„Ja, danke" hauchte Gabriela mehr als sie sprach. Ein Ruck durchzog auf einmal ihren Körper, und sie beeilte sich nun, zu dem beschriebenen Ort zu finden.

***

Tatsächlich – <Intensivstation eine im
Krankenhaus – abgeschlossene Etage >
dachte Gabriela, als sie angekommen war.

Zitternd drückte ihre Hand auf die Klingel.

Kurz darauf trat eine Schwester durch die geöffnete Tür und bat sie in den Warteraum mit der Frage:

„Waren Sie schon einmal hier?"

– was Gabriela verneinte.

„Bitte ziehen Sie sich gleich mal hier einen solchen Kittel über. Ihre Handtasche und sonstigen Dinge können Sie hier in einem dieser Wertschränke einschließen. Sie werden dann hereingerufen."

Die Schwester hielt Gabriela einen Kittel hin und wies auf den einzigen offenen Wertschrank, in dessen Tür noch ein Schlüssel steckte.

Gabriela zog sich den Kittel über und ging in den Wartesaal. Da erst sah sie, dass darin noch andere Personen in sterilen weißen Krankenhauskitteln saßen.

Den meisten Gesichtsausdrucken sah man Sorge an. Manche hatten feuchte Augen, als hätten sie geweint.

Gabriela van Lunen setzte sich leise grüßend auf den letzten freien Platz und wartete immer unruhiger werdend, dass sie endlich zu ihrem Vater geführt wurde.

Die Nähe der anderen im Leid sitzenden Personen schien ihr die Luft zu nehmen.

Doch sie wartete und wartete.

***

Im Wartesaal war ein Kommen und Gehen. Die Sorgen schienen hier jeden zu drücken. – Und ein Schweigen – ein düsteres Schweigen hing erstickend im Raum.

Keiner redete mit dem Anderen – und doch kam es Gabriela plötzlich so vor, als gehörten sie in ihrem Leid irgendwie alle zueinander.

Regungslos ergab sie sich der bedrückenden Stille.

Schließlich hielt sie es nicht mehr aus. Sie stand unruhig auf.

Wenn jetzt die Schwester wieder hereinkäme, dann wollte sie gleich fragen, ob man sie vielleicht vergessen hätte; schließlich wartete sie bereits über eine Stunde.

„Frau von Lunen? Bitte eintreten!" klang es plötzlich durch die Lautsprecher der Sprechanlage im Warteraum.

Die Tür öffnete sich, und eine Schwester kam, um Gabriela zur Stationsärztin zu führen.
Das Herz schlug Gabriela bis zum Hals.
< Papi, was ist mit Dir > dachte sie immer wieder.

***

Die Stationsärztin war eine freundliche Frau. Chinesin, wie sie aussah. Sie stellte sich im akzentfreien tadellosen Deutsch vor: „Dr. Wang, ich bin die Dienst habende Stationsärztin. Bitte nehmen Sie Platz!"

„Sie sind die Tochter von Herrn van Lunen?"

„Ja!" sagte Gabriela immer leiser werdend.

„Ihrem Vater geht es nicht gut. Es steht, ich will es Ihnen nicht verschweigen, sehr ernst um ihn.

Wir mussten Ihren Vater in ein künstliches Koma versetzen, um ihn vor äußeren Stresssituationen zu schützen.

Nur so hat er vielleicht eine Überlebenschance - mit Gottes Willen. –

Wenn Sie Ihren Vater jetzt sehen wollen, erschrecken Sie bitte nicht, sein Kopf sieht ziemlich verquollen aus.

Außerdem befindet sich Ihr Vater noch immer im Koma"

Frau Dr. Wang begleitete Gabriela zu dem Bett ihres Vaters.

***

Gabriela erschrak trotz Vorwarnung der Ärztin.

Da lag er nun ihr geliebter Papi. Der Kopf war aufgequollen, und sah aus, als ob er gleich platzen würde.

„Papi, Papi, was hast Du denn nur gemacht." flüsterte sie ihrem Vater zu, küsste ihn zärtlich auf die geschwollene Stirn, nahm seine Hände in die ihren und streichelte sachte seine schwieligen Finger."

„piep… piep…! - tak… tak!" – die
Kontrollmaschinen funktionierten und
verrieten die nicht äußerlich erkennbaren
Zustände.

„Ja, versuchen Sie ruhig mit Ihrem Vater
zu reden und achten Sie darauf, ob er auf
Sie reagiert. – Man weiß nie, auch wenn
sich Ihr Vater im Koma befindet, was er in
einer solchen Situation mitbekommt! –
Deswegen halte ich den ständigen Kontakt
für äußerst wichtig."

„Herr van Lunen" etwas lauter versuchte
Frau Dr. Wang ihren Patienten
anzusprechen, „Ihre Tochter ist da!"

   -   keine Reaktion -

„Ich lasse Sie jetzt mit Ihrem Vater allein",
die Ärztin verließ, einen aufmunternden
Blick auf Gabriela werfend, das
Stationszimmer.

Gabriela sprach leise auf ihren Vater ein
und streichelte unterdessen fortwährend
seine Hand.

Ab und zu folgte ein liebevolles Küsschen
auf die Wange.

< Es schien ein besonders gutes Verhältnis
zwischen Vater und Tochter zu sein >
dachte Frau Dr. Wang, die aus dem
Nebenzimmer bei einem anderen Patienten

stand und durch die trennende Glaswand
Gabriela bei ihrem Vater sehen konnte.

Ihre Gedanken streiften darüber auch zu
ihrem Vater, der in Hongkong als ein
berühmter Dirigent einen Namen
innehatte.

Auch er mutete tagtäglich seinem Herzen,
ihrer Meinung nach, viel zu viel zu.
Oft ermahnte sie ihn, etwas mehr
Rücksicht auf sich selbst zu nehmen.

Aber ihr Vater hörte nicht auf sie.
Sein Name war Verpflichtung – und er
nahm seine Pflicht ernst.
So reiste er von einem Konzert zum
anderen und damit kreuz und quer ruhelos
durch die Kontinente.

„Ach Vater" dachte Frau Dr. Wang,
„hoffentlich sehe ich Dich auch bald mal
wieder." Sie lächelte der gerade
aufblickenden Gabriela nochmals

aufmunternd durch die Scheibe zu, dann ging sie zu ihrem nächsten Patienten in ein anderes Zimmer der Intensivstation.

***

Nun befand sich Gabriela allein bei ihrem geliebten Papi, Tränen liefen aus ihren Augen.

Verstohlen wischte sie sich diese aus ihren Augen und putzte sich die Nase… dass Papi sie nur nicht so sehen würde, wenn er aufwacht.

Dann nahm sie wieder Papis Hand in die ihre, streichelte sie und erzählte ihrem Vater alles Mögliche mit leiser Stimme, um die anderen Patienten, es waren noch drei, die intensiv versorgt werden mussten, nicht zu stören.

Wie ein Film liefen Strecken ihrer Kinderzeit vor ihrem inneren Auge ab und leise begann sie schließlich mit ihrem geliebten Papi zu reden:
„Papi, oh Papi, lieber Papi, weißt Du noch?"

„Weißt Du denn noch, dass Du mir mal
eine derart geklebt hast, weil Du dachtest,
ich hätte Dir Geld aus Deiner Brieftasche
gestohlen.
>Nein, ich habe Dir nichts gestohlen<
hatte ich Dir gesagt, aber Du hast mir
damals nicht geglaubt.
> Ich will keine Tochter, die klaut < hast
Du mich angeschrien,
und so laut, wie ich Dir auch beteuerte,
dass ich es nicht getan hätte, Du hattest mir
damals nicht geglaubt.

Deine Worte hatten mir deshalb mehr als
wehgetan, mehr, als die Ohrfeige, die du
glaubtest, mir als sofortige Mindeststrafe
geben zu müssen… Meine Seele schrie,
denn ich war innerlich so verletzt, dass ich
auch einen Vater, der mir nicht glaubt,
nicht mehr haben wollte.

Genau das hatte ich Dir auch verzweifelt
zugerufen.

… und Du, Du hattest mich damals groß angesehen und warst schweigend aus dem Zimmer gegangen.

Es war die einzige Ohrfeige, die ich jemals von Dir bekommen hatte.
Später, viel später hatte Dir meine Freundin Renate gestanden, dass sie es war, die Dir das Geld aus Deiner Brieftasche genommen hatte, weil sie für ihre Mutter unbedingt von diesem Geld ein Geburtstagsgeschenk kaufen wollte.

Ja, Du hast Dich später auch bei mir entschuldigt, und mir gesagt, dass Du damals sehr darunter gelitten hättest, eine Tochter zu haben, die stiehlt.
Dabei hatte es Dir damals ja eigentlich
n u r
an nötigem Vertrauen gefehlt.
An Vertrauen zu mir, Deiner Tochter.

Ich weiß noch, dass Mama damals vorwurfsvoll zu Dir gesagt hatte:

„Aber Karl Gregor, Deine Tochter ist Dir so ähnlich, warum glaubst Du, dass Deine Tochter, Dich, ihren eigenen Vater, bestiehlt?"

Aber dann war es doch zurückgekommen, Das Vertrauen…
Dein Vertrauen und mein Vertrauen hatten sich wieder gefunden. Und wir haben daran gearbeitet, damit unser Vertrauen Bestand hat auf Gegenseitigkeit.

Nein Papi, Dein Vertrauen, was Du nun zu mir hast, werde ich nie enttäuschen. Du kannst Dich immer auf mich verlassen."

Gabriela streichelte ihrem Vater sachte über die Stirn.
Sie sah ihn an, hatten sich da seine Augenlider bewegt?
„Papi?"
Nein, sie musste sich wohl geirrt haben

***

Gedankenverloren sah Gabriela durch das Fenster. Immer wieder streichelte sie ihrem Vater zart über seine Hände. Schließlich formten sich ihre Gedanken weiter über ihre Lippen in leise Worte:

„Papi, weißt Du noch, als der eine Muttertag war, den wir lieber vergessen wollten und der doch noch so schön endete?

Oh je, war das eine Aufregung. Mama war nicht da. Sie sollte erst am Muttertag Mittag zurückkommen.

Aber was war da alles passiert!-

Wir wollten Mama einen tollen Empfang bereiten. Du hattest noch das Geschirr in die Spülmaschine eingeräumt, damit auch die Küche blitzte.

Auch einen Kuchen hatten wir beide extra zusammengerührt und ich durfte die

Rosinen hinein fallen lassen, die Du unterrührtest. –
Mama liebt Rührkuchen mit Rosinen über alles. Am Meisten den, den wir für sie gebacken haben.

Ach Papi, Du hattest den Kuchen gerade in den Ofen geschoben, als ich Dich bat, mit mir für Mami Blumen von der Wiese zu pflücken.

Hand in Hand gingen wir an dem Rand des Kornfeldes entlang. Und Du hieltest die Blumen fest, die ich extra für Mama zum Muttertag pflückte.

Ach Papi, weißt Du noch, was wir gelacht haben. Und wie wir uns freuten? Jede Blume, die ich für Mama pflückte, machte den Wiesenstrauß in Deiner Hand jedes Mal noch schöner.

Und wir malten uns aus, wie sich Mama darüber freuen würde...

Als wir wieder nach Hause kamen, hatte ich bald einen ganzen Arm voll bunter duftender Schönheiten.

Wir waren beide nass geschwitzt, aber in der Vorfreude sehr glücklich.

Oh je, was schauten wir verdutzt, als Du die Tür zuhause aufgeschlossen hattest.

Eine schwarze Dunstwolke stieg uns aus der Küche entgegen. Es rauschte und zischte, als wolle sich das ganze Haus gefährlich auflösen.

Als Du eilig die Küchentür öffnetest schoss auch noch ein Schwall Wasser mit Wucht unaufhaltsam bis in den Flur.
Das Wasser rann bis zur Treppe und gluckerte sogleich auch noch bis in den Keller hinunter.

Der Zulaufschlauch des Geschirrspülers war geplatzt. Für unseren wunderschönen Blumenstrauß waren wir zu lange vom Backofen entfernt gewesen.

Oh je Papi, war das eine Aufregung für mich.

Doch Du warst die Ruhe selbst.

Du hast die Spülmaschine und den Ofen abgestellt, hast die Fenster geöffnet, und

den Monteur angerufen.
Dann hast Du das heiße Kuchenblech mit
dem verbrannten Kuchen einfach nach
draußen gebracht…

Und Du hast meine heißen Tränen darüber
getrocknet, dass unser schöner Kuchen für
Mama verbrannt war und zusammen mit
mir hast Du die schönen Blumen für Mama
in ihre Lieblingsvase gestellt.

Ach Papi, Du wurdest erst nervös, als das
Telefon läutete. Aber als Mama Dir sagte,
dass der Zug Verspätung hätte, hattest Du
mir wieder aufmunternd zugenickt:

> Nun komm, jetzt kaufen wir den
schönsten Kuchen der ganzen Welt für
Mami. Und von Mami lassen wir uns noch
mal richtig zeigen, wie das geht mit dem
Kuchenbacken… damit unser Kuchen
beim nächsten Mal nicht wieder verbrennt.
o.k.? <

Spät abends erst konnten wir dann Mama vom Bahnhof abholen. Ein Zug nach dem anderen hatte Verspätung gehabt. So wurde es noch später, als zunächst vermutet.

Mami war fix und fertig, fast noch mehr als wir, so dass wir uns unterwegs nur noch eine kleine Pizza bestellt hatten. Wir wollten nur noch nach Hause.

Aber dann, dann waren wir endlich wieder glücklich.
Wir hielten uns alle im Arm. Du, Mami und ich.
Und in der Nacht durfte ich zwischen Euch schlafen. Wir spielten Brücke und hielten uns an den Händen fest.

Ich lag in der Mitte, denn ich wäre der Stützpfeiler > so hattest Du gesagt < und ich hielt euch mit meinen kleinen Händen fest. Mami hat uns dann noch erzählt, obwohl sie so müde war, was sie auf dem

Bahnhof und unterwegs alles gesehen
hatte.

Weiß der Himmel, warum ich dann
morgens in meinem Bett wach geworden
bin…
Ach Papi…"

Gabriela erschrak sich. Plötzlich ertönte
ein Warnton im Überwachungsgerät.
Sie sah auf den Monitor. Irgendetwas
blinkte fortwährend.
Gabriela sah auf ihren Vater, konnte aber
nichts Besonderes erkennen. deshalb
drückte sie hastig auf den Notruf.

Frau Dr. Wang eilte mit wehendem Kittel
in das Stationszimmer. Einen Blick auf den
Monitor werfend, stoppte sie den Notruf.
„Keinen Grund zur Sorge, Frau van Lunen.
Die Blutdruckkontrolle war nur gerade als
gespeichert angezeigt worden. Es zeigt
sich alles derzeit unverändert.

Ich freue mich, dass Sie sich so viel Zeit für Ihren Vater nehmen, und ich glaube, es tut ihm gut.
Können Sie denn noch etwas bleiben?"

„Ja, ja sehr gern, Frau Dr. Wang. Störe ich denn nicht den normalen Ablauf hier im Krankenzimmer?"

„Nein, bleiben Sie ruhig. Wenn die Schwestern eine Pflege vornehmen müssen, werden sie Sie wohl eine Weile vor die Tür schicken.

In diesem Falle möchte ich Sie bitten, sich etwas zu gedulden, bis Sie dann wieder zu ihrem Vater dürfen." sagte die Ärztin zu Gabriela, warf ihr noch einen freundlichen Blick zu und verließ danach fast geräuschlos das Zimmer.

Gabriela sah erleichtert zu ihrem Vater.

„Oh Papi, und ich hatte schon solche Angst, dass dir noch etwas passiert sei!"

Gabriela holte sich ein Tüchlein und wischte damit ihrem Vater sachte über die Stirn, auf der kalter Schweiß stand.

***

Dann setzte sie sich wieder still neben ihren Vater.
Ihre Gedanken schweiften in die Vergangenheit und holten die schönsten Erlebnisse mit ihrem Vater aus der Tiefe ihrer Erinnerung - während sie fortwährend liebevoll die Hände ihres Vaters streichelte:

„Papi weißt Du noch… ?
… als wir spazieren gingen und ich einmal im Wald umgeknickt war?

Oh Papi. Es war Herbst. Ein wunderschöner Tag. Die Sonne schickte ihre warmen Strahlen durch die bunten Baumkleider.
Von überall reflektierte die Sonne Wärme und leuchtenden Schein.

Sie verzauberte alles märchenhaft.

… und ich war diesem märchenhaften Zauber erlegen.

Einige Schritte war ich vorausgeeilt.
Schneller wollte ich sein, schneller als du,
Papi.

Da flog auf einmal ein Schmetterling auf.
Er flog ein Stück und setzte sich auf eine
Waldblume. Er sah so wunderschön aus.

Ein blauer Schmetterling.
Seine Flügel leuchteten in der Sonne so
schön. -

Er flog wieder ein Stück und ließ sich nach
einer Weile wieder auf einer anderen
Blume nieder. –
Ich habe es genau gesehen.

Ich beeilte mich, dass ich auch zu dieser
Blume kam und plötzlich war ich so
schnell gelaufen.
Aber der Schmetterling hatte nicht auf
mich gewartet und als ich mich umdrehte,
um nach dir zu rufen, sah ich dich nirgends
mehr.

Oh Papi, ich dachte sofort, ich verirre mich
im Wald wie Hänsel und Gretel, da wollte
ich so schnell es geht zu dir zurücklaufen.
Plötzlich war ich mit dem Fuß an einer

Baumwurzel hängen geblieben und schlug
der Länge nach hin.

Weißt Du noch, Papi?
Du hattest Dich bloß still hinter einem
Baum versteckt. Doch ganz schnell warst
Du dann wieder bei mir.
Tröstend nahmst Du mich in Deinen Arm.

Dann pflückten wir noch wunderschöne
Blumen und auf Deinen Schultern trugst
Du mich huckepack nach Hause.

Ach Papi, wie gern würde ich Dich heute
auch huckepack nach Hause tragen…"

Gabriela seufzte fast unhörbar. Sie sah ihrem Vater ins Gesicht. Wann würde Papi sie mit seinen warmen braunen Augen wieder ansehen können, so wie sonst? Sein Gesicht war so verquollen. Die Lider klemmten zusammen und verbargen die freundlichen Augen, die meistens voll Liebe strahlten.

Kein herzliches Lebenszeichen im Gesicht erkennbar.

„Papi, ach Papi!" Gabriela tupfte ihrem Vater mit dem Tüchlein über die Stirn, streichelte ihm über seinen Kopf und küsste ihn zärtlich.

Dann nahm sie seine Hände wieder in die ihren, um ihm etwas von ihrer Energie abzugeben.

„Deine Hände sind etwas wärmer geworden, Papi! Bestimmt spürst Du, dass

ich da bin – Du wirst sehen, es wird alles
gut. Alles wird gut, Papi!"
Gabriela blickte auf und geradewegs in die
tränennassen Augen ihrer Mutter, die
wohl schon eine Weile still im Zimmer
stand.

Verstohlen wischte sich Mama die nicht
enden wollende Tränenflut mit dem schon
nassen Taschentusch fort. Gabriela ging
auf ihre Mutter zu und schloss sie stumm
in die Arme und wiegte sie tröstend wie
ein Kind hin und her.

Auch Gabriela konnte ihre Tränen nicht mehr zurückhalten. Doch wollte sie nicht, dass ihr Vater etwas von dieser „Heulerei" – wie er es genannt hätte - mitbekam und unruhig wurde.

Sie holte deshalb für ihre Mutter noch einen Stuhl, den sie sich selbst gegenüber, auf die andere Seite, doch auch direkt neben das Bett von Papa stellte.
Mama küsste ihren Mann vorsichtig auf die Stirn und drückte seine rechte Hand belebend in ihren beiden zitternden Händen. Leise und beständig liefen ihr die Tränen über das Gesicht.
Gabriela eilte um das Bett herum zu ihrer Mutter. „Nicht weinen, Mama. Papi wird unruhig. Er spürt das…" flüsterte sie ihrer Mutter beschwörend ins Ohr. Dabei wiegte sie ihre Mutter zärtlich.

„Ja Liebling, Du hast Recht." Gerda van Lunen wollte ja stark sein, stark sein für ihren Mann, stark sein für ihre Kinder –

aber irgendwie schien alle Kraft sie
verlassen zu haben.

„Liebling, komm, nimm die andere Hand
von Papi."

„Ja, Mama!" – Gabriela ging wieder zur
anderen Seite des Bettes, nahm die linke
Hand ihres Vaters in ihre rechte und
streckte ihre linke Hand ihrer Mutter über
das Bett entgegen.
„Komm Mama, lass uns einen Lebens-
Energie- Kreis bilden. Kennst Du Reiki?
Vielleicht spürt Papi unsere starke Liebe."

Da lächelte ihre Mutter zaghaft und reichte
ihrer Tochter schweigend die rechte Hand.
In ihrer linken hielt sie die rechte Hand
ihres Mannes ganz fest.

Die beiden Frauen saßen, in ihrer Sorge
und Liebe vereint, um diesen einen Mann,
der da verquollen, regungslos im Bett lag
und lächelten sich aufmunternd zu.

Zusehends trockneten die Tränen in den Augenpaaren und fast zuversichtlich zeigte sich bald wieder der „alte" Hoffnungsglanz in ihnen.

Eine ganze Weile saßen sie so ungestört durch den normalen Krankenhauspflege-Ablauf.

Auch auf Mama schien sich plötzlich die Stärke ihrer Tochter zu übertragen.

„Die Macht der Liebe!"
dachte Mama
„die Liebe ist so vielfältig…"

Liebevoll sah sie erst auf ihren Mann, dann traf sich ihr ruhig gewordener Blick mit dem ihrer - wie sie fand – starken Tochter.

„Papi bekommt wärmere Hände, Mama, spürst Du es?"

„Warte mal, Liebling – meine Hände sind eigentlich auch ganz warm geworden!"

„Ja, Mami, Mami, spürst Du es denn auch? Papi' s Hand ist auch wärmer geworden."

„Ja, mein Kind! Es kommt mir auch so vor… Stimmt, Papi' s Hand ist nicht mehr so kalt!
Ach, wär das schön…"

Mama beugte sich in aufkeimender Hoffnung über ihren Mann:
„Ja, Papi, wir sind bei Dir. – Du weißt ja, ich kann nicht mehr so lange bleiben, weil ich bald wieder zu Opa nach Hause muss.

Aber wir lassen Dich hier trotzdem nicht allein. Bleib schön ruhig liegen, dann bist auch Du bald wieder gesund, und dann kommst schnell wieder nach Hause. – Du hast nun schon wärmere Hände bekommen, das heißt, das Leben fließt wieder, Liebling.

Du wirst sehen, wir schaffen es…"

Gerda van Lunen küsste ihren Mann noch mal zum Abschied und legte seine Hand in die ihrer großen, starken Tochter. „Hier, Kind.
Pass' jetzt gut auf Deinen Papi auf.
Bestimmt kommt Tobias auch gleich noch.
Ich muss jetzt erst mal wieder zu Großvater zurück und komme dann später noch mal wieder, um Dich hier etwas abzulösen, damit Du Dich dann ein wenig ausruhen kannst."

„Gut, Mami, bis später!"

„Ich liebe Euch!" Gerda van Lunen verließ das Krankenzimmer. Sie blickte auf ihre beiden Lieben zurück.

„Wir lieben Dich auch, Mami" rief Gabriela ihrer Mutter nach. Die Tür schloss sich dumpf.

Leise verhallten die Schritte ihrer Mutter auf dem Flur.

„Da ist sie hin, Papi, die Frau, die dich auch über alles liebt. Jetzt beeilt sie sich, wieder zu Großvater, Deinem lieben Papa, zu kommen.

Und ich glaube, Mami liebt Deinen Papa wie ihren eigenen. Du siehst ja, Du brauchst Dir keine Sorgen um Deinen Vater zu machen.

… und für Dich, lieber, lieber Papi sind wir auch immer da.
Egal was ist – wir sind da für Dich, immer."

Zärtlich sieht Gabriela zu ihrem Vater auf.
Schweißperlen auf der Stirn.
Schweißperlen?
„Hoffentlich regt Papi sich nicht auf",
denkt sie.

Gabriela blickt auf den Kontroll- Monitor.
– Nichts Auffallendes ist sonst zu
bemerken.

Da schaute ein blonder Schopf freundlich
durch die Tür:
„Möchten Sie einen Kaffee?"

„Ja danke, sehr gern"
Gabriela freute sich über dieses Angebot.
Schließlich hatte sie schon seit Stunden
nichts mehr zu sich genommen.

Einige Minuten später brachte ihr eine Schwester den Kaffee: „Ihre Mutter meinte, Sie könnten ihn gebrauchen!"

„Ach ja, da hatte Mama Recht… und herzlichen Dank für Ihre Mühe."

Gabriela dankte der Schwester freundlich, die ihr auch noch einige Kekse zur Tasse gelegt hatte.

„Mama, die Gute, da hatte sie schon wieder aus ihrer Sorge heraus gehandelt. Immer musste sie sich um alle bemühen. –

Ob sie selbst auch mal so eine gute Mutter werden würde?" –

„Danke, Mama!" dachte sie bei sich und lächelte still und zufrieden, als sie den warmen Blick ihrer Mutter vor sich sah.

Der Kaffee tat Gabriela sichtlich gut.
Sämtliche Geister schienen in ihr wieder
zu erwachen.

***

„Ach Papi, jetzt bin ich auch wieder richtig munter, komm, ich erzähle Dir noch was." Auch jetzt setzte sie sich neben ihren Vater. Wieder hielt sie seine Hände in den ihren fest und streichelte sie. Gabriela merkte, dass die Hände ihres Vaters nicht mehr so kalt waren, wie anfangs.

Ihr Blick streifte über das Gesicht ihres Vaters und verlor sich in den fernen Wolken, durch die getönten doppelten Fensterscheiben.

Ihre Gedanken zogen mit und leise hielt sie wieder Zwiesprache mit ihrem Vater:

„Papi, weißt Du noch? –

weißt Du noch, als wir Omi damals im Krankenhaus besuchten?
Ich weiß es noch ganz genau. Omi lag in einem ganz weißen Zimmer. Drei Betten waren darinnen. Aber nur ein Bett war

belegt. In diesem Bett lag Omi. – Weißt
Du es noch, Papi?
Omi war so schwer krank und hatte gar
keine Haare mehr am Kopf.
Ich war zur Schwester gegangen und hatte
mir eine Schere geben lassen. Die
Schwester fragte mich wofür.

Weil sie mir zunächst die Schere nicht
geben wollte, da habe ich einfach gesagt:

„Omi braucht sie mal kurz!"

Dann bin ich ins Badezimmer mit der
Schere. Die Schere war so stumpf und
schaffte es kaum, meine schweren Zöpfe
abzuschneiden.

Ich wollte doch Omi die Haare von mir
ankleben. Weil ich ja so viele Haare hatte,
wollte ich meine Haare mit ihr teilen.

Was habt ihr mich zuerst sprachlos
angesehen, als ich mit den abgeschnittenen

Zöpfen in meinem hochgehaltenen Rock
wieder zu Euch kam.

Omi weinte so sehr, und dabei hatte ich ihr
nur eine Freude machen wollen.
Weißt Du noch, Papi? – Du warst die Ruhe
selbst.

Du hast mir gesagt, dass ich eine gute Idee hatte, und dass Du für Omi eine Perücke aus meinen Zöpfen machen lassen wolltest..

Das könnte der Friseur am besten, der hätte das gelernt – und eine Perücke könnte man dann beim Waschen auch immer abnehmen.

Das sei viel besser, als wenn man die Haare feste an den Kopf klebt.

Omi hat sich dann schließlich auch gefreut und mir ein Küsschen gegeben.

„Dann habe ich immer einen Teil von Dir ganz nah bei mir"

hat sie mir auch noch ins Ohr geflüstert. Du bist dann gleich mit mir zum Friseur gegangen. Sofort als wir aus dem

Krankenhaus fort waren. Noch bevor wir zu Mama nach Hause gingen.

Ich durfte mir auch noch eine schöne Frisur aussuchen und weil ich so brav auf dem Stuhl saß bekam ich auch noch einen roten Luftballon geschenkt.

Mama staunte nicht schlecht, als Du mit Deiner „neuen Tochter" zur Tür herein kamst.

„Mami, gelobe, dass Du auch Deine „neue Tochter" liebst, hast Du mit tiefer Stimme zu Mami gesagt und dann musste ich aus Deinem Schatten hervortreten.

Ich hatte mich vorsorgehalber hinter Dir versteckt.

Du schobst mich einfach in Mami' s Arme. Mami bekam zuerst vor Staunen Augen und Mund nicht mehr zu, bis Du ihr dann alles erklärt hattest.

Später fand Mama die Idee mit Omi' s Perücke gar nicht mehr so schlecht."

***

Gabriela lächelte ihrem Vater unbewusst zu.

Ihr war, als hätte ihr Vater den Druck seiner Hand verstärkt. Sie drückte seine Hand etwas fester.

„Papi?" – Nein, sie musste sich wohl doch geirrt haben.

„Papi, eigentlich haben wir viele schöne Erinnerungen gemeinsam, nicht wahr?" Gabriela strich sich eine vorwitzige Strähne aus der Stirn.

Sie musste wieder lächeln. Seit der Zeit ihrer „Haarspende" für Omi, waren ihre Haare wieder gewachsen.

Zwischendurch hatte sie mal eine flotte Kurzhaarfrisur. Doch die machte ihr so viel Arbeit. Und weil sich ihre Haare normal wellten, hatte sie auch mit längeren Haaren keine wirklichen Frisur Probleme.

Sie steckte sie meistens geschickt hoch.
Das gefiel ihr selbst eigentlich am Besten.

Gabriela strich ihrem Vater über sein noch
dickes, volles Haar. Diese Pracht hatte sie
wohl von ihm geerbt. Mama hatte eher
feine Haare.

Gabriela ließ die Hände ihres Vaters nicht
los.

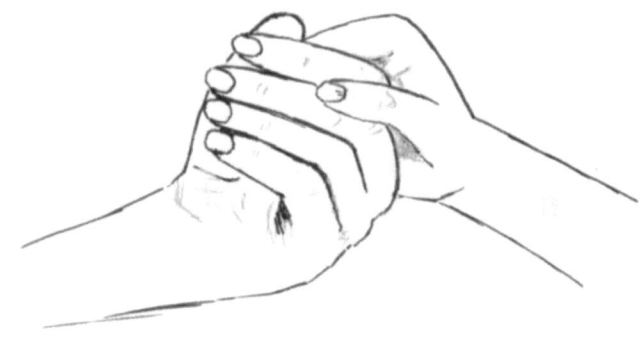

Sie streichelte und drückte sie immer
wieder. Irgendwie hoffte sie auf eine
Reaktion.

Die Hände blieben warm. Doch es zeigte sich keine weitere Reaktion.

***

„Papi, weißt Du noch? –
weißt Du noch, damals am Weiher bei
dem einsamen Schwan?

Wir gingen am Weiher spazieren. Es war
eiskalt und der Wind blies uns frostig ins
Gesicht. Du hattest mir die Kapuze vom
Mantel hochgezogen und Mami hatte mir
vorsorglich zweimal den Schal um den
Hals gewickelt.

Dabei hatte ich ja vorher schon meine
„Halsschmerzenmütze" angezogen, weil
Omi gesagt hatte, ich solle nicht vergessen,
meine Halsschmerzenmütze anzuziehen, es
sei windig.

Du weißt doch, die Mütze, die man über
den Kopf zieht und die auch gleich den
Hals warm hält…. – ein Geschenk von
Omi.

Junge, Junge, war ich warm eingepackt.

Mama und Omi hatten uns trockenes Brot
mitgegeben für die hungrigen Enten.

Du hieltest in der einen Hand die Tüte mit
dem Brot, damit ich keine kalten Hände
bekam. Mit der anderen Hand wärmtest Du
meine Hände abwechseln.

Es war wirklich eisig kalt.

Die armen Enten. Sie hatten schon Eis an
ihren kleinen Füßen.
Sie watschelten vor uns herum und stritten
sich um die Brotstückchen, die wir ihnen
gaben.

„Nicht zanken!" – „nicht zanken" haben
wir ihnen immer zugerufen.

Aber sie verstanden uns wohl nicht.

Es war so kalt!
… kein Stroh war in ihren Häusern zu
sehen.

In der Mitte des Weihers stand es, das
Entenhaus - kalt - und ohne Stroh…

**>> Suse, liebe Suse, was raschelt im
Stroh,
das sind die lieben Gänschen,
die haben kein Schuh… -**

**das Lied ging mir nicht mehr aus dem
Kopf und ich erweiterte es:**

… und haben kein Stroh <<

Sie taten mir so leid, die armen Entchen
und die armen Gänschen.

Ich wollte Omi bitten, ihnen allen schöne
warme Strümpfchen zu stricken.

Weißt Du noch Papi, ich hatte Dich sogar
gefragt, ob wir ihnen allen Schuhe kaufen
könnten.

Aber Du hattest gesagt, dass wir zu Hause mal im Tierlexikon nachlesen, ob die Entchen und Gänschen überhaupt Schuhe anziehen könnten. Weil sie ja keine Händchen hätten, um die Schürsenkel zuzubinden.

Ach Papi, Du hattest es gemerkt, dass ich mit diese Antwort überhaupt nicht zufrieden war.
„Dann lass uns doch wenigstens Stroh in das Haus bringen, dann können sie sich darin die Füßchen wärmen, bitte Papi, bitte, bitte."

Weißt Du noch Papi, dann haben wir beide sogar gleich noch einen ganzen Ballen Stroh vom Bauern geholt.
Die Entchen und Gänschen haben sich auch sofort in das Stroh gekuschelt und haben fast jeden Strohhalm einzeln für ihr Bettchen sortiert.
Manche hatten sich sogar bis zum Kopf mit Stroh zugedeckt.

Nur ein Schwan, der war nicht zu dem Stroh gekommen. Der blieb still hocken, da wo er war.

„Vielleicht ist ihm nicht so kalt!" hattest Du gesagt. Da war ich zu ihm hingelaufen. Ich wollte wissen, ob das stimmt. Ob es ihm nicht so kalt war, wie den kleinen Gefiederten, die sich bis zu den Köpfchen mit Stroh zugedeckt hatten und immer noch zudeckten.

Ich wollte ihn selbst fragen.

So schnell mich meine Füße damals trugen, lief ich. Weiter, immer weiter auf den Weiher.
Hin, zu dem Schwan. Er bewegte sich nicht..

„Schwan" rief ich ihm schon von weitem zu.

Du riefst mich auch: „Kind, komm zurück, lauf nicht so weit hinaus…" Aber ich hörte Dich nicht.

Ich hörte nur meinen eigenen klirrenden Atem durch den doppelten Schal, die Kapuze und die Halsschmerzenmütze; hörte nur meinen eigenen Ruf „Schwan". Es klang fremd und krank.

Endlich war ich bei dem Schwan angekommen.

Er freute sich nicht. Er fauchte mich an.
Ich wich erschrocken ein Stück zurück und
fiel hin.

„Papi!" rief ich, „der Schwan ist krank,
komm doch mal schnell!"

Du warst schneller als schnell, Du warst
schon hinter mir, Papi. Weil Du Angst
hattest, ich würde im frischen Eis des
Weihers einbrechen.

Du hattest mich dann einfach auf Deinen
Arm genommen und nach Hause getragen.
—

Den ganzen Weg hattest Du mich
getragen, ohne mich auch nur einmal
abzusetzen.
Ich hatte den ganzen Weg bis nach Hause
geweint, weil ich nicht wollte, dass der
Schwan in der Kälte erfrieren musste.

Als wir dann zu Hause waren, hattest Du
die Feuerwehr angerufen und ihnen gesagt,
dass auf dem Weiher ein Schwan
festgefroren sei.

Wir hörten die Feuerwehrsirenen, als sie
vorbeifuhren, um den einsamen Schwan zu
retten.

Da war ich Dir um den Hals gefallen,
um Dir dafür zu danken, dass Du den
armen Schwan nicht in der Kälte hast
sterben lassen."

Immer wieder streichelte Gabriela die
kraftlosen Hände Ihres Vaters zärtlich.

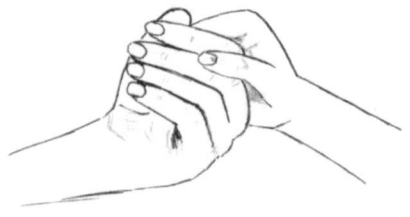

„Ach, Papi!"

„Weißt Du eigentlich Papi, wie dankbar
ich Dir bin, für diese vielen schönen
Momente, in denen Du immer zuverlässig
Halt für mich warst?

… in denen Du immer da warst für mich.“

***

„Papi, weißt Du noch?

Einmal hattest Du uns Kindern eine
traurige Geschichte erzählt:

>>>>>>>>>>>>>><<<<<<<<<<<<<

Es war einmal eine kleine Familie. Sie bestand
aus Vater, Mutter, einer Tochter, zwei Söhnen, einer Großmutter und einem Großvater. Er war der Vater des Vaters.

Der Großvater war alt und sehr zitterig geworden, so dass er seinen Kaffee verschüttete, wenn er trinken wollte;

Seine Suppe verschüttete er auch, weil er seinen Löffel nicht mehr richtig zum Mund führen konnte; und der Teller rutschte ihm aus den Händen, weil er so schwach war, dass er ihn nicht mehr festhalten konnte.
Die Mutter hatte sehr viel Arbeit mit dem Großvater, aber sie half ihm gerne, weil sie ihn lieb hatte.

Die Kinder sahen es, und der Großvater tat ihnen leid.

*Der Vater aber schimpfte ihn aus,
deswegen.*

*Er hatte kein Mitleid mit ihm, seinem
eigenen Vater. Dass er zitterte und nichts
mehr in seinen Händen richtig festhalten
konnte, machte er dem Großvater noch
zum Vorwurf.*

*Er hieß ihn, in einer Ecke der Stube zu
sitzen und gab ihm von nun an sein
Essen in einem Blechnapf und schnitzte
ihm einen Holzlöffel, damit wegen ihm
kein Geschirr mehr zerbrechen sollte.*

*Es dauerte nicht mehr sehr lange, da war
der Großvater an Gram gestorben.*

*Die Beerdigung war vorbei und der
Großvater schien vergessen.*

*Eines Sonntags jedoch, Vater und Mutter
kamen aus der Kirche, fanden sie den*

jüngsten Sohn schnitzend vor der Türe sitzen.

Der Vater strich seinem Sohn lobend über den Kopf.

Stolz sagte er zu ihm: „Brav, Sohn, Du bist fleißig"

und fragte: „Was schnitzest Du da. Was soll es werden?"

„Ach Vater", sagte der Kleine „Ich schnitze einen Teller.
Es wird einmal der Teller für Dich werden,

wenn Du mal
alt und zittrig bist,

Vater ..."

Nie habe ich diese Geschichte vergessen, Papi."

***

Gabriela hielt inne. Papi hatte ihre Hand
gedrückt. Sie hatte es genau gespürt…
oder bildete sie sich das etwa ein.
Ihr Wunschdenken gaukelte ihr wohl etwas
vor, oder doch nicht?

Sie forschte in Papi' s Gesicht nach einer
Regung, konnte aber nichts feststellen.

„Papi?" Wieder drückte sie zärtlich Papi' s
Hand. Ja, sie spürte es plötzlich ganz
deutlich. Papi bewegte seine Finger und
drückte ihre Hand mit seinem Daumen
leicht spürbar.

„Ja, Papi! Du bist wieder bei uns! Ich bin
hier…, kannst Du mich hören?" flüsterte
Gabriela Papi aufgeregt, jedoch zaghaft ins
Ohr. Glücklich küsste sie Papi auf die
Stirn.

Plötzlich, sie traute ihren Augen fast nicht,
da verklärte ein Lächeln Papi' s Gesicht

und während seine Augen geschlossen
blieben, flüsterte sein Mund fast unhörbar:

„Danke, mein Kind!"

Helle Tränen der Freude liefen
unaufhaltsam über Gabrielas Gesicht.

Genau in diesem Moment ging die Tür auf.
Tobias sah seine Schwester in Tränen
aufgelöst.

Er befürchtete das Schlimmste und wagte
dennoch keinen Blick zu seinem Vater, in
der Angst, seine schlimmsten
Vermutungen würden sich unumstößlich
bestätigen.

Gabriela stürzte in die Arme ihres Bruders.
Sie konnte nicht sprechen und wollte ihm
doch schnell sagen:

„To..., To..., Tobi..., Tobias...,
Papi ist... !"

Tobias legte seinen Arm um seine
Schwester und drückte sie innig an sich.

„Komm Schwesterchen, ich bin ja bei Dir.
Tut mir leid, dass ich es nicht eher
geschafft habe, her zu kommen!" Dabei
drückten sich auch Tränen der Trauer und
aufkommenden Verzweiflung verstohlen,
jedoch unaufhaltsam, aus seinen Augen.

>Nie würde er nun mit seinem Vater mehr
reden können, nie mehr könnte er ihn um

Rat fragen, niemals mehr würde er ihm
belobigend auf die Schulter klopfen
können. „Das hast Du gut gemacht,
Junge."

Nun war er doch zu spät gekommen… und
Juli war auch nicht da, er war noch in
England.
… und Mama, sie wollte ja gleich noch
mal kommen, …
… auch zu spät!<

Tobias tobten die Gedanken traurig, wild
und verzweifelt gleichermaßen durch den
Kopf.
Keiner der Beiden hatte ihre Mutter
eintreten hören.

Eine traurige Vorahnung
beschlich sie, als sie ihre beiden Kinder
weinend, dicht umschlungen, stehen sah.

Ihr Herz wurde plötzlich zentnerschwer.

„Mami" Gabriela löste sich aus der
Umarmung ihres Bruders und stürzte zu
ihrer Mutter.

Sie hatte sich wieder etwas gefasst.
„Mami…!" Tobias trat auch sofort auf

seine Mutter zu und nahm sie sogleich tröstend in den Arm. Sie reichte ihm noch nicht mal bis zur Schulter.
Doch bleischwer hing sie in seinen Armen. Ihr Körper begann zu zittern und kaum konnte sie sich noch auf den Beinen halten.

„Mami…, Papi ist …" führte Gabriela nun, ihrer Stimme langsam wieder Herr werdend, weiter und ihre Tränen versiegten langsam.

Immer fester wurde Gabrielas Stimme, als sie noch mal begann zu reden:
„Mami, Papi ist… wieder bei uns. Stell' Dir vor, Papi hat meine Hand gedrückt und Papi hat gelächelt.- Sieh mal hin zu Papi. "

Beschwingt, fast wie ein kleines Mädchen, kehrte Gabriela wieder an das Bett zu ihrem Vater zurück.

Glücklich wollte sie ihren Papi wieder an den Händen halten und zärtlich auf die Stirn küssen. Da entdeckte sie bestürzt, dass sich bei ihrem Vater Tränen einzeln aus den Augen lösten. „Papi, wein' doch nicht! Tobias ist da, und Mama ist auch wiedergekommen. – Hast Du Schmerzen?"

„Nein, ich freue mich nur so, Kind!" kam die noch leise, aber nun schon bestimmte Antwort.
Es folgte ein tiefer erleichterter Seufzer.

Mama und Tobias hatten noch immer in ihrer Umarmung mit tränennassen Augen still da gestanden.

Es dauerte einen Moment, bis sie Gabrielas Worte verstanden hatten.

… und plötzlich hatten die Beiden auch die leisen Worte Papi' s endlich in ihrem Bewusstsein aufgenommen.

Die Tränen der unendlichen Trauer wandelten sich in die der Erleichterung.

Als ob eine Zentnerlast von ihnen genommen sei, liefen sie beide vor Freude zu Papi, der, wenn auch noch schwach, zu ihnen ins Leben zurück gefunden hatte.

Tobias war unendlich erleichtert und sein Herz schrie stumm auf.

>> Vater, lieber Vater < dachte er, > was bin ich froh, dass Du uns nicht allein gelassen hast. Nie mehr will ich zu spät zu Dir kommen. <<

>> Danke, lieber Gott, dass Du mir doch eine Möglichkeit gibst, für meinen Vater noch da sein zu können. – Ich will diese Gelegenheit nutzen. Das schwöre ich Dir, lieber Gott, Danke! <<

Tobias trat zu seinem Vater ans Bett. Er sah, dass ein glückliches Lächeln das Antlitz seines Vaters einhüllte.

„Danke, Vater!" Tobias streichelte seinem Vater vorsichtig über die geschwollenen Wangen.

Der Sohn ergriff dankbar die Hand seines geliebten Vaters und verspürte voll Freude die wiederkehrenden Lebenszeichen pulsierend in der väterlichen Rechten wie ein wertvolles Geschenk.
„Papi, liebster Vater", sagte er zärtlich zu seinem Vater und warf dabei seiner Mutter und Gabriela einen gleichermaßen liebevollen Blick zu, „wir werden nächstens doch noch besser auf Dich aufpassen.

***

Zwei Krankenschwestern und ein Pfleger betraten das Zimmer:

„Können Sie bitte alle das Zimmer verlassen? – Wir rufen Sie nachher wieder herein."

„Oh, Herr van Lunen, Sie sind ja aus Ihrem Dornröschenschlaf erwacht?" Die Stationsschwester trat erfreut zu dem Krankenbett. „Na, das ist ja schön. Dann wollen wir mal ganz schnell wieder gesund werden, was?"

Sie klappte die Patientenmappe auf und notierte die Werte, die von dem Monitor abzulesen waren.

„Na, das liest sich ja schon recht erfreulich! – Da wird sich Frau Dr. Mang aber freuen."

„Worüber werde ich mich freuen?" fragte Frau Dr. Mang, die gerade noch rechtzeitig die letzten Silben beim Eintritt ins Zimmer vernahm.

„Dass Papi endlich aus dem Koma erwacht ist, Frau Dr. Mang."

Erwiderte ihr Gabriela glücklich strahlend, noch bevor ihr die Krankenschwester auf diese Frage antworten konnte.

Ihre sich treffenden Blicke reflektierten die Freude darüber.

Tobias zog Gabriela brüderlich an der Hand mit nach draußen in den Flur vor das Krankenzimmer.

Gerda van Lunen strich ihrem Mann noch einmal liebevoll über den Kopf:
„Gleich komme ich wieder zu Dir, Liebling!"

Dann folgte sie ihren Kindern in den Stationsgang, um dort zu warten, bis sie wieder zu ihrem Mann an das Krankenbett zurückkehren durfte.

***

„Mama, Gabriela, kommt mit Ihr Beiden,
wir stärken uns erst einmal in der
Cafeteria. – Das dauert nämlich eine
Weile, bis wir zu Papi dürfen."

Tobias fuhr sich verstohlen mit dem
Taschentusch über die Augen, putzte sich
kräftig die Nase und hakte sich dann voller
Hoffnung bei seinen Liebsten ein, um sie
zu dem Café zu führen.

„Schön, dass Du bei uns sein kannst,
Tobi", Gabriela blieb unterwegs einfach
stehen, legte ihren Arm um den Hals ihres
Bruders und küsste ihn vor aller Augen der
übrigen Patienten dankbar auf seine
Wange.
„Nicht wahr Mama? Das ist so. – Endlich
mal!"

„Ja, Kinder!" bestätigte Mama Gabrielas
Worte.
„Endlich mal" fügte sie auch leise ihren
Worten hinzu.

Tobias räusperte sich verlegen.

In der Cafeteria bestellte er für jeden eine
Tasse Tee. Essen wollten niemand etwas.
Dazu hatten sie doch nicht genug Ruhe
gefunden.
Sie wollten doch alle lieber gleich
rechtzeitig wieder zu Papi zurück.

Die Pflege im Krankenzimmer war nicht
beendet, so dass alle doch noch im Flur
warten mussten, bis sie wieder Einlass
fanden.

Frau Dr. Mang hatte Karl Gregor van
Lunen gerade zur Sicherheit gründlich
untersucht. Sie fand, dass der Zustand des
Patienten nunmehr als „auffallend stabil"
zu bezeichnen war.

Mit Freude war von ihr registriert worden,
dass sich die Tochter Gabriela voll Liebe
um ihren Vater gekümmert hatte und nicht

aufgegeben hatte, ihren Vater vom Jenseits in das Diesseits zurückzuholen.

Nun sah es so aus, dass Herr van Lunen sich doch bald, nun wieder im Diesseits, würde erholen dürfen.

***

„So, Sie können jetzt zu den Patienten hineingehen!"
Die Schwestern hielten die Tür auf, um die Besucher wieder zu ihren Angehörigen zu lassen.

Tobias und Gabriela ließen Mama zuerst in das Krankenzimmer eintreten.

Georg Karl van Lunen sah seiner Familie schon erwartungsfroh entgegen. Wenn auch die Schwellung seines Kopfes nicht verschwunden war, so zeigte sein Blick doch schon erstaunliche Klarheit.

„Ihr könnt jetzt aber gleich nach Hause gehen" sagte er mit bereits gefestigter Stimme. „Das Sterben ist nun auf Später verschoben…"

Papi versuchte auch schon wieder zu scherzen.

„Lieber Gott, Papi, rede doch nicht so…"

Hilfe suchend hing Gabrielas Blick erschrocken an Frau Dr. Mang.

„Ihr Vater hat Recht" lächelte die Ärztin. „Für Heute haben Sie Ihr Soll mehr als erfüllt.

Mit Ihrem Vater geht es wieder stark bergauf. Sein Zustand ist stabil und insgesamt sieht alles sehr zuversichtlich aus."
Und herzlich fügte sie noch hinzu: „Ich glaube auch, dass Sie sich nun auch erst mal selbst ausruhen sollten."

„Habt Ihr das gehört, Mami, Tobias?" Gabriela flog fast zu ihrer Mutter und umarmte sie glücklich.

Zufriedene, hoffnungsfrohe Blicke trafen sich.

Gerda van Lunen küsste ihren Mann: „Bis morgen, Liebling!"

Tobias küsste Papa auf die Wange:
„Soll ich Dir morgen etwas mitbringen,
Papa?
Kann ich irgendetwas für Dich tun…?"

„Ja, mein Junge.
Hier ist ja nun alles in Ordnung! … sag'
Juli, dass er nicht vergessen soll, fleißig
zu lernen… und Du, mein Junge, pass gut
auf Dich auf."

„Bis morgen, Papa!" Tobias lächelte nun.

Gabriela strich ihrem Papi über die Stirn.
Zärtlich drückte sie seine Hände, hauchte
ihm einen Kuss auf die Wange und
wisperte ihm leise ins Ohr:

„Papi, soll ich Dir morgen wieder was von
uns erzählen?"

„Natürlich!"
flüsterte Papi zurück, „Ich freue mich jetzt

schon riesig darauf!

Es hört sich nämlich so liebevoll an, wenn Du sagst:

>> Papi, weißt Du noch? <<"

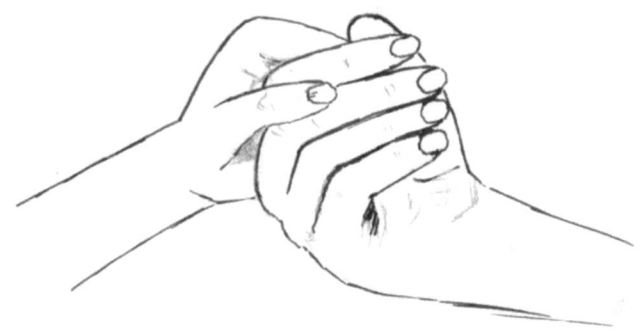

Biographie:

Es war einmal:
Ein kleines Mädchen, das wurde 1949 in
Hoyerswerda geboren, als viertes Kind und
drittes Mädchen, als Naseweis vor ihrem
jüngeren Bruder. Zwar am gleichen Tag wie ihr
ältester Bruder – nur eben zwei Jahre später in
einen Kaufmannshaushalt, der immer mit Arbeit
belegt war. Vater: Handelsschullehrer;
Selbständiger, Kaufmann, liebevoller Vater –
Mutter: Kauffrau und stets opferbereite Mutter.

1953 Flucht (wegen Kapitalisten-Verfolgung)
mit der Mutter zum Vater und den übrigen
Geschwistern in „ den Westen".
Das Mädchen lebte 13 Jahre in Fulda
zeitweise mit dem kleinen Bruder bei einer
Tante.
Grundschule und Mädchengymnasium fielen
auch in diese Zeit. Die weiteren
Lebenslehrzeiten fanden in Bochum, Witten
und Lünen statt;

Schon im Elternhaus wurde Tierliebe und
Nächstenliebe groß geschrieben.

Dies hat erheblich dazu beigetragen, das
Leben dieses „Kindes", das nun sein Zuhause
unter dem Himmel über Dortmund entdeckt hat,
entscheidend zu prägen.

Weil Zeit einmalig ist:

Und wer sucht,

der findet auch:

www.zeit-geschenke.de

www.weil-zeit-einmalig-ist.de

www.gedichte-mal-anders.de

www.kinderleserun.de

www.baeredel.de